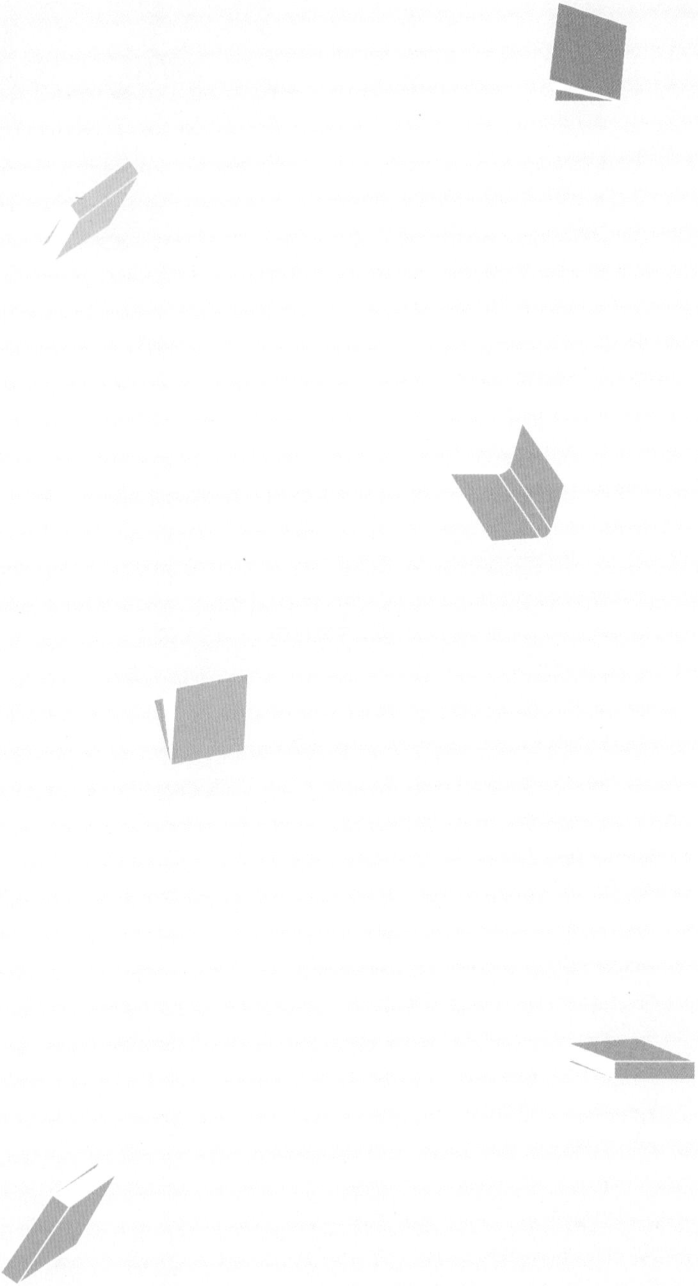

閱讀123

國家圖書館出版品預行編目資料

妖怪小學2 遲到六人組／林世仁 文；
林芷蔚 圖 -- 第二版. -- 臺北市：親子天下,
2018.06 120 面； 14.8x21公分. --（閱讀
123） ISBN 978-957-9095-66-2（平裝）
859.6 107005903

閱讀 123 系列 —— 062

遲到六人組

作者｜林世仁
繪者｜林芷蔚
協力繪者｜薛佳雯、彭治翔
責任編輯｜蔡珮瑤
美術設計｜蕭雅慧
行銷企劃｜劉盈萱

天下雜誌群創辦人｜殷允芃
董事長兼執行長｜何琦瑜
媒體暨產品事業群
總經理｜游玉雪
副總經理｜林彥傑
總編輯｜林欣靜
行銷總監｜林育菁
資深主編｜蔡忠琦
版權主任｜何晨瑋、黃微真

出版者｜親子天下股份有限公司
地址｜台北市 104 建國北路一段 96 號 4 樓
電話｜（02）2509-2800 傳真｜（02）2509-2462
網址｜ www.parenting.com.tw
讀者服務專線｜（02）2662-0332 週一～週五：09:00~17:30
讀者服務傳真｜（02）2662-6048
客服信箱｜ parenting@cw.com.tw
法律顧問｜台英國際商務法律事務所・羅明通律師
製版印刷｜中原造像股份有限公司
總經銷｜大和圖書有限公司 電話：（02）8990-2588

出版日期｜ 2016 年 3 月第一版第一次印行
2023 年 8 月第二版第八次印行
定價｜ 260 元
書號｜ BKKCD113P
ISBN ｜ 978-957-9095-66-2（平裝）

訂購服務
親子天下 Shopping ｜ shopping.parenting.com.tw
海外・大量訂購｜ parenting@cw.com.tw
書香花園｜台北市建國北路二段 6 巷 11 號 電話（02）2506-1635
劃撥帳號｜ 50331356 親子天下股份有限公司

立即購買 >

妖怪小學 2

遲到六人組

文 林世仁　圖 林芷蔚

【妖怪登場】

聲音獸咚咚

個性單純，最愛吃聲音，很容易被吃進去的東西影響。第一個學會的能力是：把吃進去的聲音「重組」、「重播」出來。

好奇怪

有時候是「ㄏㄠˇ奇怪」，有時候是「ㄏㄠˋ奇怪」。對世界充滿好奇，愛問問題，滿腦子都是問號。從小的志願是：長大要做一件「最奇怪」的事！

小耳朵

什麼聲音都聽得到。小螞蟻的悄悄話、老鷹的吵架聲、風的祕密電報……全都聽得一清二楚，連冥王星在八大行星後面偷偷哭泣也聽得到。

帝江

從《山海經》裡走出來的怪獸，能變大、縮小。可惜沒有頭，思考很慢，憨憨傻傻，像一個有翅膀、胖嘟嘟的大氣球。

小千眼怪眼眼

千眼怪的小孩，目前還是「獨眼怪」。未來，眼睛會愈長愈多，會變成二眼怪、三眼怪……等變成千眼怪，他就長大了。（上圖那些小眼睛，是「眼睛貼紙」喔！）

鼻寶

什麼味道都愛聞，香的、臭的、焦的……全都歡迎、全不排斥。在鼻寶面前，所有味道，一律平等（不過，他還是最愛花香、果香和草香）。

千手怪

自大狂，覺得自己比別人強五百倍。「雙手萬能」，他有一千隻手，當然更「無所不能」！可惜他只有一個腦袋瓜，要同時指揮一千隻手，常常出錯、出糗。

目次

聲音獸咚咚

聲音獸咚咚吸著「聲音奶瓶」，吸吸吸！好滿足。

媽媽說：「咚咚，你已經五歲了，可以不用吸奶瓶了，想不想出門，自己練習去找聲音吃啊？」

咚咚看著媽媽，不敢相信。

他張大了嘴巴，用力一吸——把媽媽說的話全吸進肚子裡。

熱呼呼的……耶，媽媽是說真的！

咚咚丟下聲音奶瓶，翻著筋斗跑出門。他等這一天，等了好久、好久了！

風吹過來，「呼～～呼～～～呼～～～！」

好像透明的冰果汁。

咚咚小口吸、大口喝，

吸得全身的毛髮暖洋洋，

飄啊飄，好像在歡呼。

池塘邊，一群青蛙在唱歌。

「呱！呱！呱！」「呱！呱！呱！」……

咚咚東邊吸吸，西邊吸吸，邊吸邊拍手。

「好吃！好吃！好好吃！」

好多大眼睛、小眼睛，

統統轉過來，瞪著他。

咚咚趕緊擦擦嘴巴，微微笑。

「哈，我是說——好聽！

好聽！好好聽！」

草原上，羊媽媽帶著小羊在散步。

羊媽媽大聲說：「咩！咩！咩！」

小羊小聲說：「咩咩——咩咩——咩咩咩——」

咚咚用力吸，把聲音吸進嘴巴裡。

「嗯，好吃，好吃，溫溫熱熱，好舒服！」

忽然下起一陣雨，「淅瀝瀝！嘩啦啦！」

咚咚張開嘴巴吃啊吃，身上的毛髮變得又柔又順，好像水珠一樣閃閃發光。

淅瀝瀝
淅瀝瀝

樹下有幾個野餐的人，跳上車，

「噗！噗！噗！」開回人類的城市。

咚咚追著「噗！噗！噗！」

一路吃，一路追進人類城市。

「噗——噗——噗！」咚咚嚇一跳。

「哇，我怎麼放出黑黑的屁？」

城市裡，好多奇怪的聲音。

馬路上，汽車「叭！叭！叭！」

救護車「**哦伊——哦伊——**」

咚咚吃下聲音，手也急，腳也急，

心臟噗通噗通跳，一直想快跑。

經過鐘錶店，「**滴——答！**」

「**滴——答！**」「**滴——答！**」……

咚咚吸了兩、三口，終於慢下來。

腳卻停不住，

左腳、右腳、左腳、右腳……

每一步都一樣大小。

抬起頭，飛機「轟！轟！轟！」

低下頭，捷運「咻！咻！咻！」

咚咚一吃，呼吸變得又快又急，猛打嗝。

「哇，這裡的聲音都好性急，不會慢慢走。」

咚咚跑回森林。

大樹下，一隻山豬在睡覺。

「呼嚕嚕～～呼嚕嚕～～呼嚕！呼嚕！」

咚咚吸啊吸、吸啊吸……

他的眼皮好重，他的手腳不想動。

咚——！咚咚睡著了。

等他醒過來，太陽都快親到山坡上的小野花了。

「哇，這種呼嚕嚕的聲音以後要等晚上才能吃。」

咚咚回到家，跟媽媽說：「我今天吃了好多聲音，它們都在我的肚子裡跑過來、跑過去，好好玩！」

媽媽說：「如果把它們變成歌，唱出來會更好玩，你要不要試一試？」

「好啊！」聲音開始在咚咚肚子裡排隊、互相交換位置。咚咚拍拍肚皮、按按肚臍，把它們串成一首歌：

「淅瀝瀝！嘩啦啦！哦——哦——呱呱呱！呼嚕呼嚕！滴滴答！轟轟轟！叭叭叭！呼——呼——噗噗噗！咩咩咩！哦伊哦伊！呼嚕叭……」

「嗯，真好聽！」媽媽抱起咚咚，說：
「我就知道咚咚最棒。」
「**啵**！**啵**！**啵**！」媽媽親了咚咚好幾下。
咚咚張開嘴巴，用力一吸。「嘻，還是媽媽的親親最好吃！」

校務會議

：招生成果如何？很棒吧？有沒有家長來吵、來鬧、來抗議報不上名的？如果學生太多，我們可以增開新學校，一間、兩間，一百間都沒問題喔！

：報告校長，目前……嗯，一間就很夠用了。

：什麼？合格的小妖怪這麼少？

：校長，您說為了挑出最好的學生，特別開放所有小妖怪都「離家出走」一次，看看誰能乖乖回家……

：結果呢？

L
M
W

：結果百分之九十九的小妖怪都玩瘋了，不肯回家。

：什麼！有那麼多野小妖？千眼怪，你知道他們都野去哪裡了嗎？

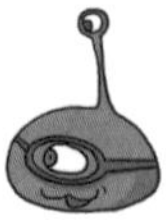

：知道。他們都野到四面八方去了，全宇宙都有。

：那剩下的、乖乖回家的有多少？

：呃……三十個，剛剛好湊一班。

一班？
吼！

（咕嘰咕嘰風趕緊飛過來，

咕嘰咕嘰……）

（遲到，剛剛衝進來）：一班？

耶，我們有一班了！萬歲！「一」最吉祥了，一、二、三、四、五……我們都是這樣數數的，從「一」開始，以後就會愈來愈多、愈來愈棒！

（咕嘰咕嘰風繼續吹……終於，妖大王的火熄了）

：嗯……也不錯，也算好的開始啦。如果倒過來，班級愈開愈少，那可不太妙。對不對？

：請問校長，學生少，老師太多，怎麼辦？

：那有什麼問題？辦教育，誰都不能放棄。千眼怪，你去找我弟弟野大王，叫他另外開一間野學校，好好教育那些野小妖。多出來的老師都去支援。校名嘛，嗯……就叫「讓你狠狠野個夠小學——妖怪小學宇宙分校」。

：是。那——我們要去管理他們嗎？

：不用，就讓他們狠狠野個夠。

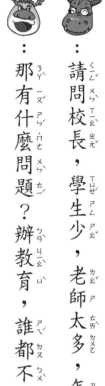

：「我們管好這一間正宗的妖怪小學就好。好啦，大家各就各位，準備迎接新生入學。啊，對了，如果有小妖怪遲到（瞪著八腳怪），我們可要送他們一份見面禮。

（以為妖大王要他發言）：讓你狠狠野個夠小學？好酷喔，我可以改去那裡上班嗎？

（咻！咻——好險，咕嘰咕嘰風把這句話吹跑了，沒讓妖大王聽到。）

誰是我的好同學？

大清早，聲音獸咚咚去上學，兩手空空，邊走邊跳。

「看，我們的學生多幸福！不用背書包。」

咦，誰在說話？

咚咚左看看、右看看，沒看到人。

咚咚甩甩頭，繼續往前走。

學校在哪裡？不知道。

他看看手上的「新生手冊」。

往前走，隨便走，怎麼走都可以走到學校喲！

喔耶！這樣就不怕迷路了。

「咚咚，你的鞋帶鬆了，咚咚——

喂喂，不能把我的聲音吃掉——」

「你是誰？」

「我是隱形怪。」隱形怪露出一顆鈕扣。他蹲下來，幫咚咚繫好鞋帶。「記得喔——鞋帶繫得好，生活過得好。」

「謝謝你，嗯……你為什麼跟著我？」

「我來當導護，幫你指揮交通。你看，我把所有的小路都指向學校了。」

「所以，我可以往山上跑？」咚咚往山上跑，咚咚咚，吸吸鳥叫的聲音。

「也可以往海邊跑？」咚咚跑到海邊，咚咚咚，吸吸海浪的聲音。

「都可以喔，你要繞著地球跑一圈也沒問題。」隱形怪一路跟著慢慢跑。「不過，我得提醒你，你已經遲到了。再繞地球一圈，學校就放學了！」

「遲到？」咚咚嚇一跳。

「恭喜！恭喜！恭喜遲到大王！」好多聲音同時響起。彩帶從天而降，亮片晶閃閃，音樂四處飄……

九頭龍拍拍手說：

「遲到大王當班長，

咚咚，恭喜你當班長嘍！」

千眼怪說：「我們有一個『免費任務』

要送給你。」

妖大王一臉正經的說：「這個任務就是——哈啾！」

「哈啾？」咚咚不懂。這個任務好難喔！

「不——不是，我在外頭等你等太久，著涼了——

哈啾！」隱形怪遞過來一條手巾。

「大王，您忘記帶手帕了。」

「哦，謝謝——（擤！）」咚咚，有五個同學不知道為什麼，早該到學校了卻還沒走到，你的任務就是找到他們。」

「好呀，沒問題！可是——」咚咚問：

「什麼是同學？」

「就是跟你一塊上學、一塊學習的——哈啾！」

「原來——你是我的同學啊！」咚咚轉身抱著隱形怪，好開心。

「不是。」隱形怪雖然也好開心，還是不得不糾正咚咚。「我是老師，是教你們的。」

「那——是你？」

「不是，我是九頭龍主任，是管老師的。」

「是你？」

「不，我是校長，哈——啾！是管主任的。」妖大王摸摸腦袋瓜想，老天，我要發燒了！這個小妖怪的智商是不是有問題？

「那麼——是你？」

「不，我是打雜的。不過，我很樂意當你的同學喲！我——」

「噓，安靜。」千眼怪拉拉八腳怪。

「好啦，咚咚，我們要先去照顧其他學生。」老師們一說完下面這句話，就全體消失不見了。

「記住——五個遲到的同學就在前面的屁股山上，要把他們都找到喔。」

遲到六人組

大屁股山上，
光禿禿，只有幾棵翅膀樹。
咚咚看到大石頭上
有一棵彩色的小木耳，
好奇的摸了摸。
「好奇怪！石頭
上怎麼會長木耳？」

叮咚！一個小妖怪從空中蹦出來。

「你好，我是好奇怪。」

「好奇怪？哇——你的名字好奇怪！」

「謝謝你叫我！我等了好久。」好奇怪開心的抱著咚咚。「沒人叫我，我就沒辦法現身，沒辦法去上學。」

「喂喂，還摸？男生摸女生，羞羞臉！」又一個聲音響起來。

哇，是小木耳！咚咚趕緊鬆開手。

「我叫小耳朵。」小耳朵伸出手腳，「我在聽屁股山說話，他好像在哭呢……」

「有嗎？」咚咚趴下來，卻什麼都沒聽到。「可是我們都遲到了，還是先去上學吧。」翅膀樹下，一個小妖怪在打噴嚏。

「你怎麼啦？為什麼還不去上學？」咚咚問。

「我叫鼻寶，我鼻塞了，一直打噴嚏！」

鼻寶說：「我一鼻塞，就什麼都聞不到，

聞不到就沒力氣，

去上學也會打瞌睡。」

「哦？我來幫你。」

咚咚吸啊吸，把鼻寶肚子裡還沒打出來的噴嚏都吸得乾乾淨淨——哇，一共有三千三百三十三個呢！

「謝謝你！」鼻寶的鼻子一下子就通了。

「耶，我聞到一公里外有茉莉花開了，還有——前面的翅膀樹上，有一個小妖怪，全身香噴噴！」

翅膀樹上的小妖怪跳下來，高興的說：「哈，你們終於來了，我一直看著你們呢！」

「你是誰？」咚咚問。

「我叫眼眼，是小千眼怪。」

「小千眼怪？可是你只有一隻眼睛啊。」

「我現在還是獨眼怪，不過爸爸說我的眼睛會愈來

愈多喲！爸爸還說，不可以告訴別人我是千眼怪的小孩，老師的小孩要很謙虛——嗯，為了表示謙虛，我想我還是遲到一下比較好，所以我在這裡等你們。」

小耳朵吐吐舌頭。

「這個理由好奇怪啊！」

「咦，妳叫我？」

好奇怪好興奮。

小耳朵沒理他。咚咚也沒理他，只是想著：耶！剩最後一個同學了。在哪兒呢？

「啊，我知道！」咚咚說：「也是老師的小孩——是小隱形怪！對不對？小隱形怪，別躲了，請出來。」

「咚咚，你的鞋帶又鬆了喔！」一個熟悉的聲音響了起來。「還有——我還沒結婚，沒有小孩。」

「哦，對不起。」咚咚趕緊繫好鞋帶。

究竟在哪裡呢？

忽然，大屁股山飛起來，一下往東，
一下往西，好像找不到方向。

「哇——」「哎呀——」

「地震！地震——」

大屁股山一下縮小……

眼前出現一個小妖怪，
背上兩對小翅膀，沒有頭。身體圓滾滾，

好像一個大布袋。

「啊，剛剛就是你在哭。」小耳朵說。

屁股山微微變紅，好像很不好意思。

「我知道了！」咚咚想了一下。

「你沒有腦袋瓜，怕迷路，對不對？」

屁股山搖搖尾巴，身體變得更紅了。

「別害怕，」咚咚說：「我們會陪你一塊去上學。」

「帝江，看來你找到好朋友嘍！」一直跟在旁邊的隱形怪又說話了。「咚咚，恭喜你完成任務，我要給你甲上！」

咕嘰咕嘰風吹過來，用「甲上」的強度，吹得大家嘻嘻笑。

「好，該出發了，其他同學都在等我們呢。」

妖怪小學

一堂課抵七堂課

華山上，白雲朵朵，每一朵雲上都坐著兩個小妖怪。

咚咚和五位好同學，趕緊加入大家。咚咚和小耳朵坐一起，鼻寶和眼眼坐一起，好奇怪和帝江坐一起。

「咳咳，第一堂課，」妖大王說：「知道我們要上什麼嗎？」

「國語？」長腳怪說。

「不對。」

「數學？」幫手怪說。

「錯！」

「英文？」三獸龍不太確定。

「還火星文呢！」

妖大王搖頭。

「人類小學才那麼無聊，我們妖怪小學才不會那麼沒創意。世界上最重要的東西是什麼？國語？數學？英文？都不是，是——身體健康！所以，我們第一堂課是——體育課。來，讓我們掌聲歡迎千手怪老師！」

啪啪啪！三十個小妖怪用力拍手，掌聲聽起來卻有一千零六十隻手那麼響……哦，原來千手怪老師也在拍手。

妖大王說：「千手怪老師很厲害喔，他曾經把宇宙舉起來！」

「那還不算厲害。」千手怪淡淡的揮揮手，走上華山主峰。「我曾經把自己舉起來——這一點，連宇宙大王都辦不到呢。」

「哇，這麼強？」妖大王嚇一跳，他從來沒想過要把自己舉起來。

機會難得，妖大王立刻要所有老師都跟在旁邊，一起學。

「事實上，我什麼課都能教。」

宇宙大王是
萬能的

宇宙大王不能把
自己舉起來

所以，
宇宙大王
不是萬能的

千手怪說：「人類小學課表上的任何一堂課，都難不倒我……咳咳咳……咦？怎麼沒有人說『哇』？」

「哇——」大家都好乖，立刻配合。

「嗯，這也沒什麼啦！一點都不值得驕傲。」千手怪驕傲的抬起下巴，仔仔細細的品味那一聲「哇——」。

「這一堂課是什麼呀？」

「體育課。」九頭龍主任趕緊提醒。

「體育課？小克絲——小克絲你們聽得懂嗎？就是小CASE，『小事情』的意思——怎麼樣，我隨口就能教英文吧？」

「哇——」小妖怪沒一個聽得懂，老師真厲害！

「既然是體育課，我們就先來學拳法。」

千手怪說：「咕嘰咕嘰，把教材發給大家。」

咻——咻——咻——大家手心上一涼，全都多了一本《人類拳法大全》。

「這上面有五百種拳法，我可以同時教給大家。」

「哇——」這一次，大家真的好佩服。

連妖大王都揉好眼睛，準備仔細欣賞。

「來，大家靠過來。我一雙手打一種拳，你們想學哪一種，要看好。」

白雲高高低低，團團圍住華山主峰。

「通背拳！」第一雙手的肘臂突然伸長、手掌一晃，好像猴子伸手。

「螳螂拳！」第二雙手變成螳螂鉤子，閃、轉、騰、挪，變化好快。

「白鶴拳！」第三雙手一個彈抖，指力猛向前伸，好像鶴嘴啄食。

「金鷹拳！」

第四雙手變成鷹爪，側、閃、斜、撲，獵物哪裡逃？

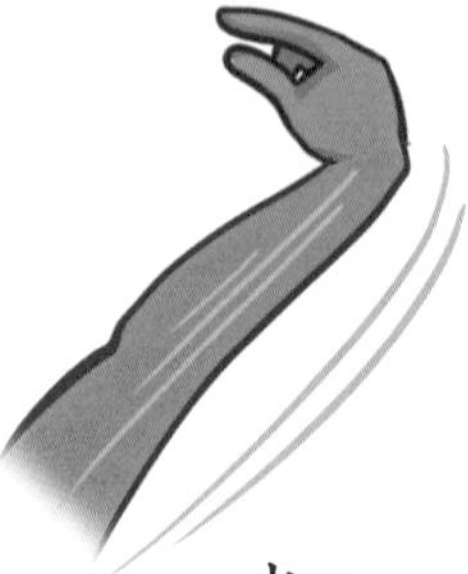

……

「形意拳！」直來直往，以硬打硬，快如閃電雷鳴。

「梅花拳！」左手連環出擊，掃落滿天梅花。

「詠春拳！」快速直擊，拳拳都落在同一點上。

「迷蹤拳！」雙手忽快忽慢，

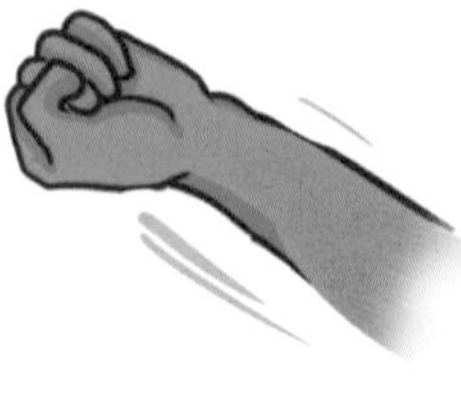

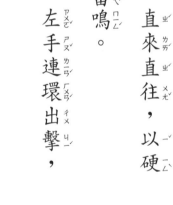

彷彿一下子變出好多雙手……

「龍形拳！」

「毒蛇吐信拳！」

「虎鶴雙形拳！」

「達摩拳！」

「神形太保拳！」

……

不知道打到什麼拳？
也不知道是第幾雙手？
大家看得眼花撩亂，
跟都跟不上，好多
白雲撞在一塊、擠成
一堆……
只有千眼怪，一雙眼睛
看一雙手，剛剛好。

他還看到：千手怪的拳風、掌勁，遠遠的震到了人類世界。

「**咚！咚！咚！咚！**」公車、汽車、火車、摩托車都被敲得不敢動。

「哎喲！哎喲——痛！痛！痛！」所有路上的行人都抱著頭、捂著屁股哇哇叫。

「新聞快報！新聞快報！天空忽然下起『拳頭雨』，看不見卻痛死人！請大家待在屋裡，千萬別出門。」

千手怪似乎不知道自己的拳風、掌勁，嚇壞了人類世界，仍然一拳接一拳，耍得虎虎生風。

拳影重重，掌聲不停。所有小妖怪都一邊歡呼一邊嘆氣：唉，真可惜腦袋瓜不是錄影機，沒辦法記住這麼多拳法。

「看好了，我還可以示範對打。」千手怪的五百雙手互相對打起來。煞時間，手影滿天飛舞，天女散花都沒這麼好看……

「我攻——我擋——我劈——我貼——」千眼怪一邊出拳一邊唸口訣。「我撥——我勾——我托——我攔——我閃——我轉——我騰——我戳——我——糟糕！我——我纏住了——」

「哇——」小妖怪瞪大眼睛。

這麼多手纏在一起，他們還是第一次看到。

連咕嘰咕嘰風都一下呆住了。

華山頂上，溫度慢慢升高……

「啪！啪！啪！」九頭龍主任趕緊拍拍手，飛上前。「漂亮！漂亮！我從來沒見過這麼偉大、神奇的雕塑。千手怪老師，您這是在教美術課，對吧？」

「嗯嗯……」千眼怪渾身開始冒汗。

「原來在教美術呀！」八腳怪鬆一口氣。

「老師，我剛剛沒看清楚，您可以慢動作再示範一次嗎？」

「嗚——誰來幫我把手解開呀？」

「快，老師要教大家細部分解動作！」九頭龍招呼千眼怪和隱形怪上前幫忙。

好不容易，第一雙手解開了，上頭腫起一塊大包包。

「老師，您太了不起了，連受傷也要示範。」

九頭龍說：「大家注意看——

這兒腫起來的就是肌肉拉傷——」

「對，」八腳怪最愛當助教，立刻跳上前。

「一按就會——」

啊——！

「謝謝老師示範。」八腳怪說：「拉傷要馬上冰敷喔！記住，隔兩天以後，不再紅、腫、熱、痛了，才可以改成熱敷。」

咕嘰咕嘰風又吹過來，以「冰塊的涼度」，在腫包包上跳啊跳。

「呼——打結的手太多了，大家一塊來幫忙。」

「耶！」小妖怪全飛上前，熱心幫忙把手分開。

「嗚——啊——哇——啊——」

「千手怪老師太厲害了，在教大家歌劇的發聲法！大家要仔細看、認真聽，看什麼動作會引發什麼音？」

「哇——啊——嗚——啊——」

好不容易，在千眼怪的指揮下，一千隻手都平安恢復原狀。

「嗚……謝謝！」

「猜猜看，千手怪老師又在教什麼？」八腳怪說：

「提示——受人幫助，要說謝謝。」

「我知道！」眼鏡小妖舉手：「生活與倫理。」

「千眼怪老師，對不對呀？」

「對對，嗚……」

「老師，」好奇怪舉手，

「千眼怪老師為什麼在哭？」

「嗯，老師太感動了，加贈一堂寓言課。」

八腳怪覺得自己好聰明，一看就懂。

「大家知道這堂課的寓意嗎？」

「老師最偉大！」

「不對。」

「說大話會有壞下場？」

「一百分！看，千眼怪老師多偉大？犧牲自己，用實際行動來告訴大家這個道理。大家一定要牢牢記住，

才不會辜負老師。還有——」

「好了，好了，」妖大王趕緊拍拍手，走上前。

「千手怪老師太厲害了，一堂課就教了大家體育、英文、美術、健康教育、生活與倫理、音樂和寓言。現在老師累了，要下去休息喝杯水。休息十分鐘，下一堂由我來代課。」

騎雲打仗——開始！

華山上，白雲椅變成了白雲馬，雲上坐著小妖怪！

「耶，看我的傘拳！」小耳朵打拳，真好看。

「**ㄙㄢˇ**拳？我看是『散拳』，軟趴趴。」臭屁怪笑她。

「看我的猛虎拳！」咚咚來幫忙。

臭屁怪一閃而過，回頭笑：「哈哈，是大貓拳吧？」

「你呢？你會什麼？」

「我根本不用學，」臭屁怪可得意了，「我放個屁，大家都逃得遠遠的。」

「哇——快逃！」小耳朵、咚咚趕緊飛開。

「我們離他遠一點。」

遠處，眼眼正跟電視怪纏打在一起。

眼眼說：「板凳拳！」電視怪立刻把手橫擺成板凳，一擋一攻。

眼眼說：「鷹爪拳！」電視怪立刻把手勾成鷹爪，抓！抓！抓！

「眼眼，你作弊！」電視怪生氣了，「你用『未來之眼』偷看我打什麼拳。」

「我哪有作弊──白鶴拳！」電視怪的雙手立刻變

成白鶴嘴巴，啄啄啄。

「你還說沒——」

眼眼指著電視怪的肚子，

「是你自己洩密的。」

電視怪低頭一看，果然，

自己的「螢幕肚子」正在播放

自己打的拳！

「哎呀，我忘記關機了！」電視怪大叫一聲。

另一邊，好奇怪和鼻寶玩得正熱鬧。

「虎拳！」好奇怪大吼一聲，好威風。

「鶴拳！」鼻寶搧動雙臂，「打不到，打不到。」

帝江衝過來把他們撞下白雲馬。

「哎喲！」「哎喲！」

「帝江，你犯規，你不能用屁股拳啦！」

帝江的肚子紅通通，可高興呢！他衝下去，一下就

把他們托在背上。

「耶，帝江，你比白雲馬更強！」

「鼻寶，我們可以一塊來打虎鶴雙形拳。」

這一下，帝江飛得更來勁，把咚咚、小耳朵、眼眼都一塊背起來了。

「喂，聽說你們是『遲到六人組』？」幾個小妖怪在前面攔住他們。

「對呀！」咚咚說：「你們是誰？」

「我們是『早到三人行』，最早到的喔！」帶頭的文字怪變成一個「**甲上**」，看起來很得意。

「最早到又怎樣？你們攔住我們——是想欺負我們嗎？」鼻寶問。

「幹麼欺負你們？我們只是好奇，

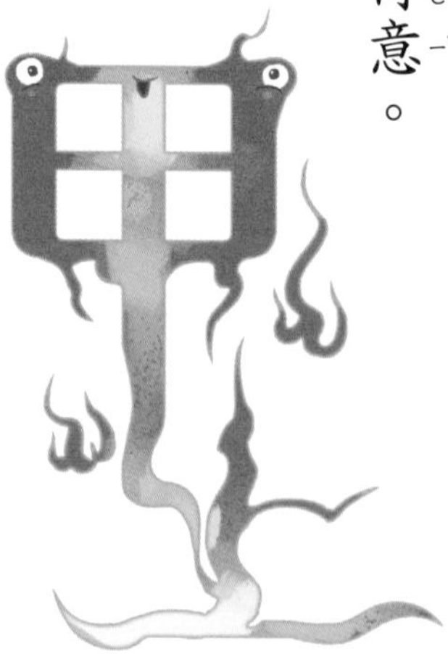

想跟你們做朋友。」星座妖全身亮閃閃。

「對呀，我們剛剛發明了一套拳。」陽光小妖說：「你們猜猜看，是什麼？」

一說完，三個小妖怪都把雙手伸長，

交纏在一起，抖啊抖。

「電鑽拳？」

「不是，是最厲害的拳法——手打結！」

「哈哈哈！」遲到六人組都忍不住笑。這三個同學真好玩！

「我們來玩打擂臺。」

「好呀！」

「喲喝！喲喝！」白雲馬

擺開陣勢，雙方正準備衝刺——

咻——咻——咻——咕嘰咕嘰

風吹過來——「上課嘍！」

哎呀，下課時間怎麼

這麼短？

說都沒法說的拳法

「小朋友，大家是不是很期待上課呀？」妖大王笑呵呵的走上華山主峰。「現在，我要教一種新拳法，千手怪老師剛剛沒提到喔。」

「太極拳？」眼眼問，他上一堂課很認真，沒看到老師表演太極拳。

「學來切西瓜？不教。」妖大王搖搖頭。

咚咚翻開書，找啊找。「空手道？」

妖大王吐吐舌頭。「噁，像劈磚塊，不教。」

鼻寶說：「醉拳？」

「嘿，酒最難喝了，不教。」妖大王說：「你們都翻過《人類拳法大全》，是不是很好笑呀？呵呵，我們要超越它。」

咻——咻——咻——咕嘰咕嘰風一下子就把書統統收走了。

妖大王說：「我要教你們一種最厲害的拳法。」

小妖怪的脖子都伸長了。「有多厲害？」

「超厲害。」妖大王說：「厲害到連說都沒法說。」

「說都沒法說的拳法？什麼拳？什麼拳？」小妖怪都好奇起來，「說嘛！說嘛！」

「嘿，就說沒辦法說嘛。」

咕嘰咕嘰風也忍不住，搔著妖大王的鼻子，「說嘛！說嘛！」

「哈——啾！好好，我說，我說——哦，沒辦法說，要用寫的。」

妖大王拿出魔法筆，在半空中寫出拳法。

「←↑→↓拳。」

「哇，好厲害，果然說都沒法說耶！」

小妖怪都跳起來。「要學！要學！」

「這是我昨天半夜起床尿尿時想到的，」妖大王可得意了。「保證是宇宙最新拳法。」

咻——咻——咻——咕嘰咕嘰風一搔胳肢窩，大家立刻自動跳開，排成運動隊形。

「打法很簡單，箭頭往哪，拳頭就往哪。簡單吧？」

果然簡單，大家一學就會。

半空中出現的箭頭往上，大家的拳頭就往上；往下，拳頭就往下……完全沒人出錯。

才一會兒，聰明的小妖怪都開始自創招式了！

「我這是↑↑→→↓↓拳。」

「我是↓←拳。」

「看我的↖↗↘↙拳。」

「我的更厲害，我是↓↑拳！」

……

「哇——太感動了！」妖大王流下一行熱淚。「想不到我要上一趟廁所才想得出的拳法，大家一下就學會，還想得比我更多。妖怪小學的學生真是太優秀了！」

隱形怪悄悄遞過來一條手巾。

「大王，您又忘記帶手帕喔……」

聲音獸咚咚的日記

千手怪老師熱心教導我們，卻不小心受傷了，大家都想幫忙。昨天，眼眼說他看到人類小學正在舉辦園遊會！同學一聽，立刻組成「義賣團」，去園區當素描模特兒。

人類小朋友都好可愛（不像校長說得那麼笨），紛紛熱情贊助，而且畫得好棒。我把我最喜歡的幾幅貼在下一跨頁，當作紀念。我愈看愈愛呢！

這次義賣賺來的錢，我們買了一千根棒棒糖。
千手怪老師一手拿一根，好感動呢！
當然，我們都有幫忙舔喔！

膽小妖

外表七彩，在家才會展現長滿痘子的真面目。

竹中國小五年美班
陳碩彥

地震大王

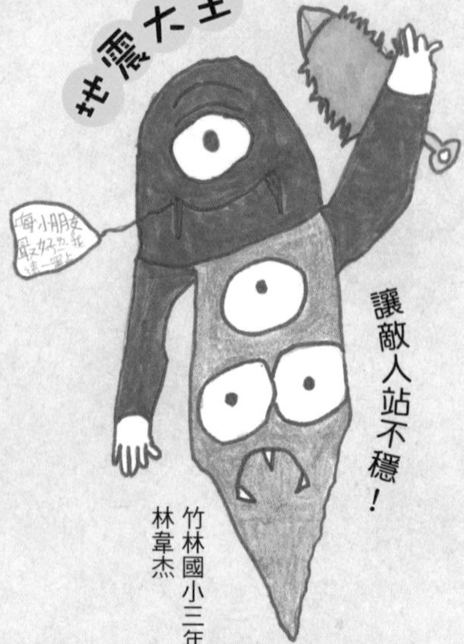

讓敵人站不穩！

竹林國小三年孝班
林韋杰

時鐘貓

可以倒轉時間、預測未來。

竹中國小四年美班
陳玠愷

三獸龍

身上的每個部位都是三個。

竹中國小五年美班　翁偉宸

我冏怪

永遠只有一個冏表情，沒人知道他心情。

竹中國小五年美班
翁偉宸

謝謝小朋友寄來的小妖怪
（可惜沒辦法全部放上來），
每一隻都好精采！
統統都來妖怪小學上課！

尿布怪

喜歡啄地板，最愛穿尿布。

竹中國小六年真班 胡育德

水母怪

生氣時噴火，開心時把你當朋友。

竹中國小四年美班　曾丞岳

不會怪

不會不會不會，不會怪什麼都不會。

新生國小六年甲班
黃珮涵

長腳怪

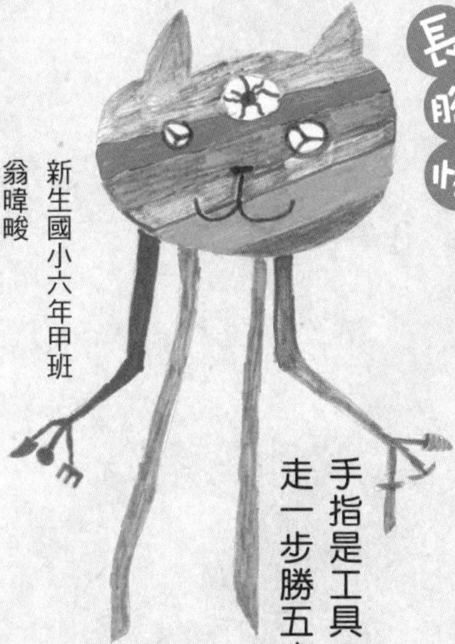

手指是工具，走一步勝五步。

新生國小六年甲班 翁暐畯

幫手怪

溫柔體貼愛做善事。

竹中國小四年善班 許瑀婕

長手怪

手可以伸縮、穿過任何物品。

竹中國小三年美班
陳芷妤

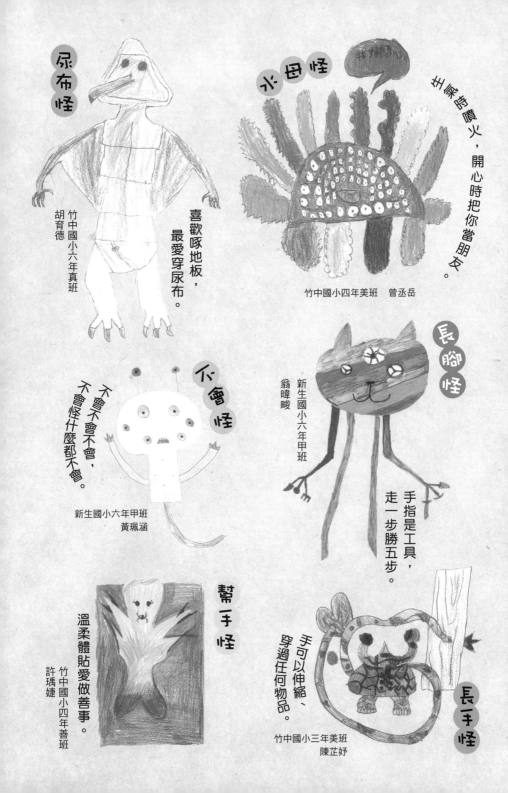

宇宙大王來信

親愛的親子天下編輯們：

聽說《妖怪小學》十分好笑，昨天我在等「宇宙公車」時，特別買來看。果然，故事很好笑，最好笑的是：第二集裡，千手怪竟然未向本人查證，散布不實謠言，真是吹牛不打草稿！為了怕小朋友誤會，我特別寫信來更正如下：

「把自己舉起來」——呵，這件事情有什麼難？

哲學家想用「我沒辦法把自己舉起來」來證明我不是萬能的，根本行不通。

因為，我不但能把自己舉起來，還舉過不只一次呢！以下照片可以證明。

所以，請麻煩轉告小朋友，不要聽信妖（謠）言。我還是萬能的！

宇宙大王 敬上

Ps. 我會繼續買第三集，請別讓我等太久喔！

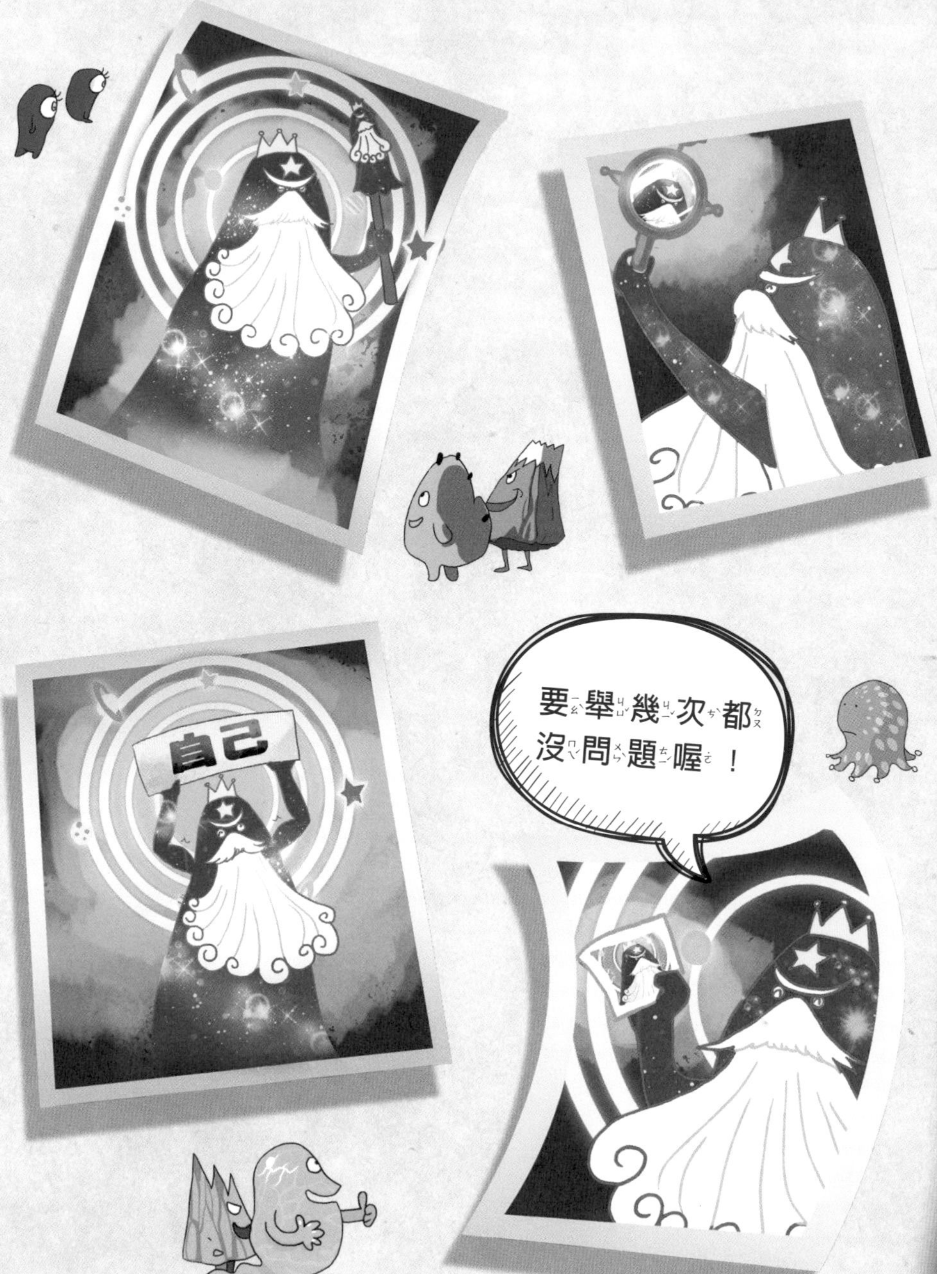

你們覺得小妖怪們會在妖怪小學發生什麼趣事呢？歡迎寫下來，寄給我喔。
請寄到：104 台北市中山區建國北路一段 96 號 11 樓「**妖怪小學**」收
妖大王等你唷！

閱讀123

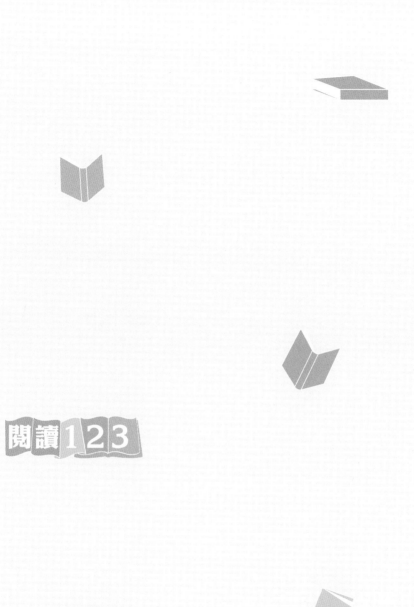